Uhriveri pesee synneistä

Uhriveri pesee synneistä

Paavo Räisänen

Olen julkaissut aiemmin:in kustantamana useita kirjoja.
Kirjailija sivuni: www.kirja-lakka.com

Kustantaja: BoD · Books on Demand, Mannerheimintie 12 B,
00100 Helsinki, bod@bod.fi
Kirjapaino: Libri Plureos GmbH, Friedensallee 273,
22763 Hampuri, Saksa
ISBN: 978-952-80-8422-8

1

Paavali kirjoittaa:me kuoletamme lihan haluineen.me kyllä toteutamme ja saamme toteuttaa himon.sen on Jumala luonut.mutta me kuoletamme saastaisen himon.sitä ei saa toteuttaa.se tarttuu meille arjen keskellä.maailma painostaa.se elää saastaisessa himossa ja iskee sen lihaamme ja vihaa puhdasta himoa.me kuoletamme hengellä lihan töitä.

Me olemme kasteen kautta haudatut Kristuksen kanssa kuolemaan.mutta myös Hänen kanssaan ikuiseen elämään.sillä kuten Kristus nousi kuolleista.niin myös me nousemme ikuiseen elämään taivaan ihanuuteen.kun säilytämme kasteen armoliiton ja elämme ja kuolemme uskovaisena.kaikki lapset syntyvät uskovaisina.kasteen puuttuminen ei kadota.uskon puuttuminen kadottaa.uskon saa kun uskoo syntinsä anteeksi.ahkeroimme kastaa kastamattomat.

Viimeisenä päivänä kukin saa sen jälkeen.mitä lihassansa tehnyt on.autuas on se.jonka synnit ovat anteeksi.silloin ei tule kuin täydellinen armahdus.synti jää asumaan lihaan.ihmisen liha on syntinen.uskovainen tekee lihan synneistä parannusta.lihan synnin voivat olla anteeksi.mutta liha on silti syntinen.

mitä on ihminen.Raamattu kertoo sen.ihminen on liha.synti on turmellut hänet jo äidin kohdussa.hän tarvitsee jatkuvaa syntien anteeksi antamusta.ihmisellä on henki ja sielu.ihmisen sielu on kuolematon.

mitä on ihmistuntemus Raamatun mukaan.maailma etsii ihmistuntemusta tutkimalla ihmisen lihan veren salaisuutta.sanoo sitä syvälliseksi ihmistuntemukseksi.oikea ihmistuntemus on tuntemista ihmisen henkinen puoli.hänen kuolematon sielunsa.silmät kertovat.onko takana porton häijy katse.petollinen katse.moni valehtelee silmillään.katsoo rehellisesti.valehtelee.saatana opettaa tämän.kun tuntee ihmisen sielun.tietää ja näkee.onko ihminen rehellinen.miksi piti tuntea ihmisen liha.siitä ei löydy mitään hyvää.

uskovaiset ovat sisaria ja veljiä keskenään.tuntevat toisensa hengen puolesta.Jeesuksen yhteys ja Jumalan rakkaus yhdistää heitä.

saatana antoi tieteen.jolla hallita ihmistä ilman Jumalaa.saatana hävisi taistelun Jumalalle.se ei tiennyt.että avaruuden henkivallat olivat vietelleet sen.sille kerrottiin.se teki liiton näiden pahuuden voimien kanssa.antoi uuden tieteen.se pyrkii osoittamaan.että koko Jumalan maailma on hulluus.

todistan liian teologisen pohdinnan vääräksi.kukaan ei voi täysin selittää lain olemusta.Raamattu sanoo laista:se on hyvä.Se sanoo myös uskovaisille:emmepä me silti laitta ole.kuitenkaan laki ei kanna uskovaisen päälle.Laista Raamattu sanoo:lain kautta synnin tunto tulee.Jumalan laki on myös maallisen lain pohja.juuri tämän enempää ei tarvitse tietää.on jätettävä uskolle varaa.lakikin on uskon asia.ei sen olemusta voi selittää teologisesti.liika selittäminen koituu itsessään laiksi.se on sama.kuin miettiä liikaa lunastuksen salaisuutta.ei sitä voi ihminen käsittää.liiasta pohdinnasta tulee laki.

2

kuka tahansa uskovainen voi kastaa tarvittaessa.esim. äiti voi antaa lapselle varsinkin hätäkasteen.

psykologian keksi saatana tuhotakseen ihmiskunnan.aina ovat olleet kansan keskuudessa mielipuolet.heillä on oikeus elää ilman laitosta.vähäosaisia ja vaivaisia kuuluu auttaa.saatanan vankeus ei ole ratkaisu siihen.eikä hän voi auttaa ihmistä uskomaan.aivoja ei saanut tutkia.ei niiden aivotoimintaa.sähkötoiminta aivoissa on Jumalan säätelemä.henget.jotka eivät ole Jumalasta selittävät niiden toimintaa ja tuhoavat aivot opillaan niiltä.jotka kuuntelevat niitä oppeja tai pakotetaan kuuntelemaan.kuten oppilaitoksissa.ihmisen lihaa ei saanut tutkia.se oli synti.johon ihminen lankesi syntiinlankeemuksessa.se ei saanut valtaa.ennenkuin saatana antoi psykologian.joka tutkii ihmisen aivoja ja lihaa.

ihmisen lihasta ei löydy mitään hyvää.se on läpeensä synnin turmelema.se maatuu kerran maaksi.se jää tänne.ei peri taivaan kunniaa.ylösnousemuksessa meille luodaan uusi ylösnousemusruumiis.joka on Kristuksen kirkastetun ruumiin kaltainen.

vain Aadam on tullut maasta.Eeva hänen kulkiluustaan.kaikki ihmiset syntyvät taivaaseen.Jumala synnyttää meidät sinne.meidät annetaan synnittöminä sikiöinä äidin kohtuun noin vuorokausi sikiämisestä.vanhempien perintötekijöillä.me lankeamme perisyntiin äidin kohdussa välittömästi äidin synnin takia ja sen maailman takia.jonka kuulemme kohtuun.

ihminen uskoo kuolemaan.Jeesus voitti kuoleman vallan.Hän opetti:jokainen joka minuun uskoo.ei ikinä kuole.vaan perii iänkaikkisen elämän.ihminen on iänkaikkisuus olento.lihamme kuolee kerran.se haudataan ja maatuu.ihmisellä on kuolematon sielu.joka elää ikuisesti.saa uuden ruumiin ikuisuudessa.saatana opettaa kuolemasta että se on ikuinen.laittaa palvomaan hautoja.hautaa ei koskaan saa avata.sitä kuuluu kunnoittaa.mutta eivät haudat ole ikuisia.kerran ne kaikki peitetään nurmella ja päälle rakennetaan.

kuolleita ei kuulunut palvoa.ei sen takia.millaisen aseman he saivat.Raamattu neuvoo ottamaan oppia pyhistä.kuinka he uskoivat.millainen oli heidän loppunsa.Jumalan palvelijan osa on usein ollut marttyyrikuolema.heidät on haudattu jonkun kirkon toimesta kadotettuina helvettiin.heistä jäi todistus Siioniin:he perivät taivaan kunnian.tällainen oli esim. Jan Huss.jonka paavi poltti kerettiläisenä roviolla helvettiin haudattuna ja kirottuna.

Jumalasta ei saanut tehdä kuvaa.Jeesus oli Jumala.Hänestä ei voi tehdä aitoa kuvaa.ei enkeleistä.heitäkään ei saanut kuvata.ihmisestä ei saanut tehdä patsasta.Jumala voi antaa temppeliinsä kerubinin patsaat.kuten aikoinaan Jerusalemin Temppeliin ja Liiton Arkin päälle.

3

Jumala on antanut vain yhden piispan:Rooman piispan.hän ei koskaan saanut esivaltaa.vaan eli vainottuna.jätti viran Siioniin alkukirkolle.joka hajosi pian ja tulivat sekä oikeat.että väärät kirkkoisät.alkukirkko lankesi enemmistönä.se perusti paavin viran.valheen enkeli oli perustamassa paavin istuinta.jota istuinta Luther kuvaa antikristuksen istuimeksi.piispan virka jäi elämään salaisesti Siioniin.piispaa ei Siioni voinut valita.halki vuosisatojen ja tuhansien.virka kulki jalkojen päällä Siionin sisällä.on kulkeutunut.kuten Raamattu ennustaa:"viimeisinä päivinä minun henkeni lepää pohjoisella maalla."mutta se ennustaa myös Afrikan lähetystyöstä:"etelän miehet nousevat tuomiolle."sillä lännessä tapahtui suuri lankeemus.ihmisen järki.rahan valta.kunnian tavoittelu ja huoruuden synnit ottivat vallan länsimaailmassa.antikristus ja synnin ihminen nousivat.Jumala voimallaan kerran kaataa tämän.

ensimmäinen Aadamista syntynyt ihminen.Kain.oli äitinsä raiskaama poika.hyvin syntinen.mutta uskovainen.hänen nuorempi veljensä Aabel ei ymmärtänyt syntistä veljeään.vaati tämän uskon.kun Kain ja Aabel uhrasivat.Kain uhrasi maan hedelmiä.hän vihasi niitä.koska tiesi hedelmän pettäneet äitinsä.hän halusi murhata maan hedelmät.Jumala ei nähnyt tätä hyvänä.Kainin uhri ei kelvannut Hänelle.Aabel uhrasi virheettömän uhrikaritsan.Kain katsoi uhriä.esikuva hänen tulevasta Vapahtajastaan.olisi halunnut osalliseksi uhrista.Aabel ei antanut.vaati Kainilta ripin synneistään.Aabel ei ymmärtänyt ison veljensä syntisyyttä.Kain raivostui.otti uhrin väkisin ja surmasi veljensä.Kain sai tekonsa anteeksi.kun hän pakeni korpeen vieraiden kansojen pariin.Jumala sanoi Raamatussa:kuka Kainin tappaa.sen Hän kostaa.

Daavid teki synnin taistelussa Goljatin kanssa.hän oli Jumalan ihmeellä ja voimalla voittanut goljatin.mutta Daavid lankesi.häpäisi ruumiin leikkaamalla pään irti ja esittelemällä sitä sotasaaliina.goljat oli saatanan ase.saatana kosti Daavidille.hän vietteli ja pakotti Batseban viettelemään Daavidin.valtaistuin oli kaatua.daavid lankesi silti.hänen olisi pitänyt vedota Jumalan apuun.

Daavid oli miehenä lyöty.kun hän näki Batseban viettelemässä katolla.valtaistuin oli kaatua.paha oli saada voiton.Daavidin piti vedota Jumalaan.Hänen enkelinsä olisi lyönyt batseban katolta.

Daavid otti Batseban vaimokseen.Batseba katui ja sai anteeksi.

näette.Daavid lankesi taistelussa Goljatin kanssa.otti kunnian voitosta itselleen.vaikka tunnusti Jumalan.Jumala antoi saatanan koetella Daavidia.Daavid lankesi.Jumalan enkeli olisi lyönyt viettelyksen.jos Daavid olisi vedonnut Jumalaan.Daavid oli langennut omiin voimiin.hänen päänsä oli lyöty.vaikka enkeli olisi lyönyt viettelyksen katolta.Daavidin pää oli lyöty.hän olisi saanut miehen.hallinnut Hiskian takaisena kuninkaana.

Salomon lankeemus.Jumala oli kieltänyt ottamasta vieraskansalaisia.toisissa uskonnoissa eläviä vaimoja.Salomo otti heitä.jotka lupasivat tehdä parannuksen.hän ajatteli näin yhdistävänsä kansoja.Jumala oli kuitenkin kieltänyt häntä.mutta Raamattu ei kerro Salomon todellista lankeemusta:hän otti vaimoikseen baalin papittaria.nämä papittaret näkivät Salomon kuin Jumalan Pojan.jonka esikuva Salomo olikin.nämä papittaret vetosivat Salomoon.että pääsisivät hänen vaimoikseen ja Salomo näin pelastaisi heidät baalilta.Jumala varoitti Salomoa.mutta Salomo oli oman voimansa tunnossa.ei uskonut.otti papittaret.jotka olivat mahdottomia parannukseen.koska tietämättään he olivat antaneet Jumalansa ja lihansa saatanalle.sillä baal oli saatana.jolla oli henkivallat käytössään.papittaret toivat epäjumalansa mukanaan.Salomo yritti voittaa ne.hän taisteli synnillä syntiä vastaan.Salomo ei enää vedonnut yksin Jumalaan.vaan yritti omin voimin voittaa epäjumalat.hän epäonnistui.Salomo teki lopulta parannuksen.hän teloitti baalin papittaret ja Jumala antoi hänelle hänen syntinsä anteeksi.

Jeesus tehtiin synniksi ennen ristin kuolemaa.kaikki synnit ruoskittiin Hänen synnittömään ruumiiseensa.kun Hän kantoi ristiä Golgatalle.kaikki ihmiset.myös me katsoimme kauhuissaan:Hän on tehnyt yhdyntänä huorin tuskanyönään.

4

Jumala loi maailman täyteen ihmisiä.he kaikki olivat uskovaisia.he kaikki lankesivat kun ensimmäinen ihmispari lankesi syntiin.Raamattu kertoo sen.että siitä tulivat kaikki ihmiset osallisiksi.monet kansat eivät jaksaneet odottaa Jeesusta.joka luvattiin myös heille.he unohtivat lupauksen.saatana vietteli kansoja.heitä vartioivat enkelitkin lankesivat.antoivat vääriä uskontoja.jotka kuitenkin turvasivat elävään Jumalaan.mutta harhaopilla.enkelit jäivät odottamaan Jeesusta.heille oli luvattu:Jeesus tarjoaa heille vielä joskus parannusta heidän lankeamisestaan.enkelien parannusta ei kerrota ihmisille.Jeesus lähetti opetuslapset saarnaamaan kaikille kansoille.murhaajat ja harhaopit tukahduttivat elävän uskon.monesti kristinuskon viejät olivat murhaajia.kaikki kansat eivät ottaneet heitä vastaan.Jumalan Valtakunta on ilmoitettu.sen saarna saarnataan kaikille kansoille pelastukseksi.

Etelä Amerikassa oli säilynyt aito elävä usko.kun paavin joukot menivät.he odottivat vielä Jeesusta ja uskoivat ristiretkeläisten tuovat heille Hänestä sanoman.mutta paavin joukot olivat murhaajia.he uskoivat näkevänsä pakanoita vailla Jumalaa.eikä heillä ollut viedä mukanaan aitoa uskoa Jeesukseen ja pelastuksen Evankeliumia.

kaaban musta kivi.on ilmeisesti avaruudesta pudonnut meteoriitti.iso.kuollut palvontakohde niille.jotka siihen turvaavat.kun ihmiset eivät jaksaneet uskoa Jumalaan.he alkoivat tehdä kuolleita jumalia palvontakohteiksi.patsaita.kiviä.puita.he palvovat menneiden henkilöiden hautoja.Raamattu sanoo:älkää kuolleita surko.kuolleet he ovat.menneiden pyhien elämästä Raamattu neuvoo ottamaan oppia.mutta on väärä oppi seurata tarkkaan kenenkään ihmisen elämää.hän oli ihminen.teki myös syntiä ja virheitä.ei niistä saa ottaa oppia jota seurata.ennemmin varoa samoja virheitä.

buddhan patsas ei ole aito epäjumala.sen ovat buddhalle antaneet langenneet enkelit.jotka kuitenkin palvelivat Jumalaa.mutta olivat langenneet ja antoivat harhaopin.tällainen patsas on paha harhaoppi.kuvia ja patsaita ei saanut palvoa.

hindulaisuus on pahasti langennut uskonto.sen antoivat osittain langenneet.Jumalaa palvelemaan jääneet enkelit.mutta osittain mukana oli saatanan enkeli.joka antoi mm. sivan.hirvityksen.kastilaitos on kaukana Jumalan opista.se on syntynyt todella pahan lankeamisen seurauksena.fakiirit.tulisilla hiilillä kävelijät ja käärmeen lumoajat palvelevat kyllä elävää Jumalaa.mutta heidän oppinsa on todella pahasti langennut.

Afrikassakin kansoja vartioivat enkelit.ne lankesivat.kansa lankesi pahoin.heille tuli henkien palvonta.noidat lankesivat henkioppeihin.opettivat kansaa.joukossa oli lääkärien tapaisia kansanparantajia.enkelit jäivät sinne.joutuivat tappiolle henkien palvonnan kanssa.

saamelaiset luotiin Lappiin omaksi kansakseen.heilläkin oli enkelit.jotka lankesivat.he sortuivat palvelemaan henkiä.heidän seitansa oli paha epäjumala.se oli baalin kaltainen.eli saatanan enkeli.jolla oli henkivaltoja käytössään.Jumala on poistanut sen maan päältä.

monet saamelaisten henkivallat olivat hyviä.samoin heidän tosin langenneet enkelinsä.ne ovat kuitenkin langennut uskonto.ne voivat herätä uudelleen henkiin.jos ihmiset alkavat uskoa niihin.eivät uskonnot katoa.jos antiikin jumaliin alkaa uskoa.ne tulevat takaisin.ne ovat olemassa.ne olivat langenneita enkeleitä.

Kalevala kertoo kansamme vanhasta.langenneesta uskonnosta.se ei ole taru.vaan todellisuusperäinen kuvaus ennen eläneestä uskonnosta.ihmiset ovat uskoneet siihen.monet ovat todistettavasti nähneet sen kertomia tapauksia.koska enkelit näyttävät niitä näkyinä ihmisille.ne ovat kuitenkin vale.langenneet enkelit valehtelevat.vain Jumala ja Hänen enkelinsä kertovat totuuden.

5

taru sormusten herrasta.loi pitkälti fantasiakirjallisuuden.sen kirjoittajaa on pidetty jopa profeettana.joka pitää paikkansa.sillä hän oli väärä profeetta.joka loi kuvitteellisen maailman.joka tempaa ihmisen mukaansa ja kauaksi Jumalasta.tämä kirjallisuus on pitkälti luonut taianomaisen satu- ja fantasiamaailman.joka on uudenaikaista noituutta.näitä kertomuksia antaa avaruuden henkivalta.maailman synnin syy.ne ovat vain taruja.mutta ihmiset uskovat niihin ja tekevät niistä totta.avaruuden henkivallan Jumala poisti maan päältä.mutta ihminen ei usko siihen ja nämä taianomaiset tarut elävät ikuisesti.niitä puolustaa amadon.syvyyden enkeli.joka vietteli avaruuden henkivallan ja joka antaa nyt uusia taruja.

kauhukirjallisuudesta suuri osa oli saatanan ase.niistä tehtiin elokuvia pimeyden tukemiseksi.ne ovat valetta.saatana valehtelee niissä toimintansa.uskojilleen totta.sillä ne perustuvat pimeyden huorintekoon.oli kauhukirjallisuutta.joka taisteli pahaa vastaan.ne perustuivat henkimaailmoihin.ne eivät ole oikeaa sodankäyntiä saatanaa vastaan.sillä niistä tulee jossain totta.kahlitsevat niihin tukeutuvia.

tolkie taisteli kirjoillaan pahaa vastaan.ymmärtämättä hänestä tuli henkimaailman hyväksikäyttämä väärä profeetta.ei ole sama.mitä aseita sodassa pahaa vastaan käyttää.moni sortuu tietämättään pahan palvelukseen.on antikristus.hän sanoo olevansa Jeesus.antaa hirveän Jeesus kuvan.vääristyneen.hän on saatanan ja pimeyden henkien luomus.

avaruuden henkivallan ja amadonin ja maan huoruuden äidin vallat perustuvat pimeyden huorintekoon.ne tosin viettelevät monia kunnollisia ihmisiä.ne viettelevät jo pieniä lapsia.niiden seurausta on harhaoppi ja eksytys.ne aiheuttavat väärän hengen.tyypillisin on väärä rakkaus.aistillinen rakkaus.yhdynnän jälkeen se muodostaa vääristyneen parisuhteen.

amadon vaikuttaa voimakkaasti tekoälyn tekemissä kuvissa.pelimaailman virtuaalimaailmat ovat usein hänen saastuttamiaan.tekoäly ei ole Jumalasta.osa siitä kuitenkin on hyvää ja kelpaa palvelukseen.

saatana ei tiennyt.mikä oli sen syntiinlankeemuksen todellinen aiheuttaja.sille kerrottiin se.se uskoi kaikkien henkivaltojen olevan sen vallassa.se sai nyt pimeyden henkivallat liitoon itsensä kanssa.saatana on paha.koska se on enkeli.jolla on valtaa maan päällä.amadon.syvyyden enkeli on hengen kaltainen.koska sillä ei ole lupa olla maan päällä.samoin amadonin viettelijä.henki.joka sanoo olevansa Jumalan ensimmäinen vaimo.ja joka on Raamatun kertoma maan huoruuden äiti.he toimivat lähettämällä henkiä maan päälle.jotka olisivat taruja.mutta ihminen uskoo niihin ja niistä tulee totta.ja ne ovat nyt liitossa saatanan kanssa.joka tekee niistä synnin ja totta.

psykologian kirjoitutti aikoinaan saatana tuhotakseen ihmiskunnan.siksi se edelleen kieltää Jumalan ja kaiken yliluonnollisen.koska saatanalla on oma maailmansa.jossa se vaatii olla enkeli ja yliluonnollinen.mutta se haluaa tieteen avulla tuhota kaiken Raamatullisen opin tekemällä uskosta sadun ja hulluuden.saatana kuitenkin hävisi Jumalalle taistelun.se otti henkivallat avukseen.kirjoitti uuden psykologian.jossa käyttää avaruuden henkivallan aseita.

psykologia tutkii ihmisen lihaa.sen piikkejä ja verta.lihaa ei saanut tutkia.Jumala oli kieltänyt sen.mutta teko saastutti länsivallat.kaikki kansat eivät oppia ottaneet.toinen saatanan teko on tutkia aivoja.niiden sähkötoimintaa ja vuorovaikutusta.neuronien toimintaa.jota kaikkea tätä ohjaa Jumala.mutta saatana kielsi tiedettä tunnustamasta Jumalaa.

6

saatana vaanii uskoa.nimenomaan lapsen uskoa.se ei voi katsoa lapsen silmiin.koska niissä on usko.ja se itse asuu pimeydessä.ei kestä valoa.mutta se loi tieteen.jonka avulla se voi tulla päivänvaloon.teeskennellä ymmärtävänsä lapsen katseen tieteen avulla.hallita sitä.turmella sen uskon silmän.

saatana ei koskaan uskonut.että hänen.käärmeen pää on poljettu rikki lopullisesti.se pakeni pimeyteen.tuli luopumuksen aika.se alkoi nostaa päätään.se loi temppelin.jossa sillä on mies.käärme.jolla on pää.se murhaa naisen enkelin ja miehen Jumalan.sen on vielä saatava homoteko pojalta.saadakseen lihan menettämänsä miehen tilalle.

saatana kehitti alunperin tieteen.se oli alkuun filosofiaa.jolla murhattiin elävää uskoa.epäiltiin Jumalan salaisuuksia.korostettiin ihmisen järkeä.tiede kehittyi tältä pohjalta.tiede ei tunnusta uskoa.siksi koko tieteen pohja on väärä.oli kyse lääketieteestä tai mistä tieteestä tahansa.kuuluu rukoilla Jumalalta lahjoja ja ymmärrystä asioissa.tutkia niitä.

jotkut opit opettavat katumus uskoa.on katumusharjoituksia.on esim. kehoitus lukea päivittäin joku rukous.tämä ei ole elävää uskoa.me uskomme kaikki syntimme anteeksi.kadumme.kun teemme syntiä.uskomme anteeksi.emme jää katumaan.iloitsemme uskosta.Evankeliumia olisi hyvä saada uskoa päivittäin.aina ei ole mahdollisuus.kyllä Elia korvessa teki syntiä.hän ei ehkä puoleen vuoteen nähnyt yhtään ihmistä.jolta olisi voinut pyytää syntejä anteeksi.

pimeydessä on kivi.se hohkaa Pyhän Hengen pilkalla tehtyä
murhaa ja sen pimeää verenkarvaista valoa.se keksi homo- ja
translait.laittoi ihmiset uskomaan itseensä.se käyttää pakkoa.jos
siihen ei muuten uskota.

elävään uskoon ei kuulu lihan pyhitys oppi.liha on syntinen.se jää parannuksessakin syntiseksi.pesemme veren vikoja pois Jeesuksen verellä.usko on iloinen asia.uskovaisen ei tarvitse kulkea murhemiellä.

olemme se suuri valkopukuisten joukko.joka on valkaissut vaatteensa Karitsan verellä.iloitsevat kerran Taivaan hääjuhlassa.

pimeydessä on pappi.mustaa hohtava kivi.se tulee TV kanavien kautta.tekee TV lähetyksen.ihminen ei tiedä.se tekee pimeän pyhän.sillä on murhaaja.saatanan piikki.joka tekee lähetyksestä totta.

pappi on saatanan luolissa.piikki tulee esiin valepuvussa.

Manasse valittiin lapsena kuninkaaksi.ei lapsi voi hallita.hän oli juonittelun uhri.muut hallitsivat hänen kauttaan.manasse annettiin baalin temppeliin.hänen uskonsa ja ruumiinsa murhattiin siellä.hän ei kieltänyt uskoaan.mutta hän sortui hirvittäviin synteihin.hän taisteli baalia vastaan.teki sen syntejä.Jumala rankaisi häntä.ajoi mielipuolena korpeen.hän oli kuitenkin uskovainen.Manasse sai kaiken anteeksi.kuoli uskovaisena.

7

ei murrosikää ole olemassa.se on saatanan keksintö.jolla hän murtaa ihmistä.ei ennen ollut sitä.ihminen tulee joskus sukukypsäksi.se on eri asia.

palvotut epäjumalan paikat.kaaban musta kivi.avaruudesta pudonnut.siinä on avaruuden henkivallan voimia.hohkaa uskojiensa väärää uskoa.Jumala salli sen muhamettilaisten epäuskon takia.se on heidän viettelyksensä.saana.siinä oli noitavoimia.seita seisoi sen päällä.seita oli saatanan enkeli.jolla oli noitavoimia.Jumala poisti seidan maan päältä.

Ei Jumala anna epäjumalia.kuvia ja patsaita palvoa.buddhan
patsas.buddhan usko kuoli.teki epäjumalan.valheen enkeli valaisi
sen.kuvien palvonta kielletään Raamatussa.patsas.kuka
Raamatussa teki sen.ja teki oikein.onko oikein palvoa ihmistä.

hindulaisuudenkin antoi valheen enkeli.se palvoi Jumalaa.mutta se oli pahasti langennut.se ei pystynyt estämään saatanan töitä.joka painosti ottamaan sen mukaan uskontoon.ja saatana teki kastilaitoksen ja sivan.tuhoajan.siva on tuhottu.buddhan patsaasta tehty kuollut kivi.

homous on hirveä synti.miehen siemenneste on tarkoitettu laskettavaksi naisen sisään.jotta syntyisi Jumalalle uusia lapsia.Jumala loi himon.miehen siemennesteen lasku on myös himon täyttymys.Jumala loi himon vain miehen ja naisen välille.saatana teki homo ja lesbo himon.

saatanalla on pimeydessä temppelissään.musta Pyhän Hengen pilkan hengen pilkalla murhaa hohtava pappi.teki homo- ja translait.tekee psykologian oppeja.saatana teki liiton avaruuden henkivaltojen ja syvyyden ruhtinaan.amadonin kanssa ja tekee uusia kulttuureja.eli muovaa ihmislihaa ja tekee tiedettä.

tähtitiede jää.mutta tiedämme siitä jo tarpeeksi.suuri osa tähtitieteestä on valetta.koska avaruuden voimat ovat valehdelleet.mitä näyttävät.saamme tutkia avaruutta kaukoputkilla.emme saaneet tehdä rakettia tai satelliittia.avaruudessa on elämää.me emme saa itse koskaan siihen yhteyttä.he ottavat itse joskus.on hyviä avaruuden voimia.jotka ottavat meihin yhteyttä.on pahoja voimia.joiden aseet ovat ydinasetta pahemmat.niillä ei ole valta hyökätä maan päälle.Jumala estää.pimeys väittää ehkä jo nyt.että ne ovat ottaneet yhteyttä ja antaneet aseita.he ovat valehtelijoita ja emme saa tutkia sitä maailmaa.Jumala pitää sitä kurissa.jos ihmiset uskovat Jumalaan.heitä ei saisi päästää yliopistoille opettamaan.ovat pääseet.esivallan aseen pitäisi pitää ne kurissa.sillä he käyttävät lakia rikkovia tapoja.mutta nyt laki on heidän puolellaan.

kuinka saatana viettelee pikkutytön.joku mies vietteli häntä.tyttö oli viaton.ei ymmärtänyt.saatana on enkeli.hän tuli uneen.näytti miehen teon.

ei pahan takana ole nainen.vaan mies.käärme.saatana.hän on ihmislihassa maan päällä.viettelijä.naisen palvoja.pahin elää pimeydessä.on mato.

kaikki henget ovat langenneet ja niiden ottaminen ja palvominen synti.kaikki henget eivät olleet pahoja.synti ne ovat.aivojen tutkiminen.niiden henkisen rakenteen selville ottaminen.on henki oppia.synti.ja henget valehtelevat aivojen toiminnan.

On toteutunut Raamatun ennustus:ihmiset sanovat Jeesuksesta.katso.Hän on täällä.Hän on tuolla.Raamattu varoittaa vääristä opettajista:älkää uskoko heihin.antikristus voi luoda Jeesuksen tapaisia ilmentymiä minne tahansa ja millaisia tahansa.Jeesus on löydettävissä vain Hänen Valtakunnastaan.Jumalan Valtakunnasta.siellä Hän kulkee henkensä kautta veljenä omiensa seurassa.

Jeesus jätti omilleen avainten vallan:"joille te saarnaatte synnit anteeksi.niille ne ovat anteeksi annetut.joilta te ne pidätätte.niille ne ovat pidetyt."avaimet ovat Jumalan Valtakunnassa.Jeesuksen uhriveri pesee kaikesta synnistä ja saastaisuudesta.Hänen nimessään on syntien sovitus.

armoa tarjotaan kaikille.Jeesus sanoi:"joka palaa ja katuu.saa armon."katumaton sielu ei palaa.hän tulee seipäiden ja miekkojen kanssa.kuten kavaltajat ja kiinniottajat Jeesuksen luokse.